ひらがな商店街

小松　宏佳

表紙・扉絵＝小松宏佳

もくじ

もくじ

ひらがな商店街

小松宏佳

透けていく川

電車が多摩川の鉄橋を渡る
音がいい
ずっとつづけばいい

夏の信州　鹿教湯温泉の町
渓流が透けて岩をすべる
橋の上に
化身の友

つづけ文字を舞いながら
黒揚羽は文殊堂から降りてきた

涼しい川
おかっぱの女の子が木に隠れて見ている
母親は髪をほどいて川へ入っていく
しばらくたって長い髪が流れてきた
川からでてきたひとは
短い髪の男だった
おかあさん、ほんとは女のひとじゃなかったのね。

川に足をつけた
稚魚になって会話に入る

稚魚の会話はひかりの思考だ
わふわふ食べる
透けていく

やにわに桜

桜が弾む
見上げると
雨がおちてきた
喫茶店に入った
やたらと可愛い子がいたから
窓の近くに座った

屏風のような桜の景だ

桜はふるえている
雨にまぎれて号泣している
見事である
きょうは散らぬと決めている
雨がうすくきえていくと
黒々と濡れた幹からからすが飛びたつ
ひよどりがきた
蜜に吸いつく

胸さわぐ花だ
ひと房ひと房に
胎児らがくるまって生まれ散る日を待っている
ふくよかな毬のなか

よきかな
よきかな
幹から見え隠れする妖怪めいた慈母観音のおどりは
悦にいって
笑わずにいられない自由さで
足指を空までかざすから
空は紅潮してくる

さっきの可愛い子が
ぼくの靴をかじりはじめた
くすぐったい

ブランコ通り

恐竜のようなさばかれかたをした
木の上で
星がめがけている
地上の通り
片方しか指がない
セキレイになって
だれかと
首をかしげる

おっとっと
気になるお菓子
みつからない
踏まれない試みばかり
宙にあつまる
靴の高さのメダカと
歩くソラマメと
北へ逃げましょうねと
鳥のゲートを透かしながら
肥えた猫がでていく
いけないことをみたあとで
かなしい勘違いの二人称がすきになる

ひらがな商店街

ひらがな商店街はみじかい
いわさき医院のさきにはもう
英語がならぶ
やんちゃな酒瓶の窓
らんぷの青い灯
まるいドアは厚塗りの油絵
どうぶつ商店とある
尾をたらした女性が

ふたりでてきて
外の椅子にすわる
髭をたててわらう
道はでこぼこ
よろけて身なりをなおす
静けさが暗くする
ドアから
蛇が足をだした
たしかにうつくしい
どこまでたどれば
顔だろう
犬がでてくる
「くれよん！」

呼ぶと
逃げた
駅の名前が見えた
高い窓はのりかえ通路
腕をこすると毛がのびた
もっとこすった
ここでなら
わたしも暮らしていける

ガラスの目

左からベビーカーが来る
右から白い車が来る
左からバスが来る
枝はざーざー
葉は虫にひらき
蔦をこばむ
左から眼鏡の男が来る
肩に袋をかけなおす

枯葉がいちまい飛び上がる
空にくわれる
右から仔犬を連れた女が来る
過去がついてくる
右から黄色いシャツの女が光る
左から傘を持った男が下を見ながら
止まりながら来る
ここにはない
ここでもない
右から服を着た犬が来る
左から黒い虫が来る
雨水からスタートして浸透井戸をめざす
地面

まるい迷路
水は草に名乗りでる
わらう
右から子供が軽くとぶ
前と後ろに子供を乗せた自転車が来る
前の子供がほえている
右から小型のパトカーがきて止まる
注意の声が
ガラスに砕ける
空のひとびとは明るい
人に車につきそって
草に紛れてなびいている

噛み合わない

抱きしめよう、そう思って一歩前に出た
豚はだめです、食べられないです。
おなじ血だからしかたがない
豚のわたしは話を変えた
書きたいものはなんですか。

歯科予約の日
レントゲンではっきりした

上の奥から二番め
歯茎から離れていた
死んでいる
これ、だめですね。
宙ぶらりん、でも落ちてこない
情のあるまわりの肉に手をさしのべられて
生きているつもりで働いている
からだは生きているものと死んでいるものが同居する

以前は
ブランコ通りで見かけた
右足の指がないセキレイは
駅前のエクセルシオールの木のテラスで

リズミカルにお茶している
路上の敷石のすきまに咲く
白い小花の存在が
技術力をみる太陽に勇気を注ぐ

歩行者信号の赤の男はあいかわらず
青の男よりふくよかだが
未来へ
一歩前へ踏み出せない
だが赤の男は言った
そうじゃない、歩き終わったのだ

遊びをつかまえて

夕日があちこちの看板に生まれていくとき
新秋津駅前は眩しい
安くてうまいやきとりの野島
赤いホッピーの張り紙が
三枚ならんで舌を出す
日曜だからあかないよ
ああ残念
紙の鳥はとんでいけ

ではサラリーマンへ行こう
日曜なのにサラリーマンは混んでいた
わたしたちのおよぐ目は
店主の張る声につかまり
曲がり角のイスに落ちつく
つぎつぎ入ってくる客も
愛想よく配られて
角を削って肩を並べる
店主はたかく皿を持ち上げ
てらてら揺れる灯りをよける
あらよっと。
ころばないでわたしたちは
もっとたのもう

人間界のあれこれを色よくあぶって
むしゃむしゃ食べているうちにわたしは
おかしな鬼になっていた
よーし。愉快だ。この町は。
鬼さん遊びをつかまえて。
店や小道が逃げまわる

黒猫

神田明神下で甘納豆をかじる。十二時近くになっても秘密を明かそうとしない黒猫が手まねきするほうへついていく。不忍池から弾む白い海鳥の黒いことばに動じないいきみはたった一軒の家を舐める。今ならまじめにやれる。裸のままでいいんです。黒猫はふりかえる。言っていることは理解できますか。角をかみたい。黒猫のあかい影。踏んでしまおう。わたしは明るくなるだろう。元気になりたくてすっころんでいたんだ。黒猫は息をきらす。どうしたどうしたと言いながら走らないでください。さらさらと人があふれる。道が飛ぶ。静かに垂れる。それはそれは尊くて苦しい空に刺さる鳥の足をつかみそこねてローソンの前。猫のなきごえ。

むかしむかしあるところの
おじいさんとおばあさんは

心中しようということになって
中央西線の高山行きに乗りました。
わたしたちは出会ってから
まだ一時間も経っていないのですが。
きっかけは生年月日と血液型が
同じという軽さだけれど。
そう宿命に書き込まれているとなると重いでしょう。
わたしは太った衝動と痩せた理性を
両脇にかかえて
向かいに座りました。
鏡のひとも両脇に何か連れているようです。
すこしでも生きたからもういいでしょう。

雪のなかで凍死。
それもまったく一致したの。
高山は思ったとおりの雪景色でした。
ラーメンを食べて
こんなに空腹だったのかと気づきました。
スキンヘッドのかっぷくのいい店主が
つやつやの笑顔で声をかけてきて。
なんて美味しいラーメンなんでしょう。
完食できないわたしが完食したんですから。
外へ出ると
わたしたちは白い息のまわりで
はじめてわらいました。
引き返すことにした駅までの雪道に
おびただしい鮮血が広がっていました。
なんでしょう。
ほ。ほ。雪がふりはじめました。
だるまさんがころんだ、しようと思います。

油蝉の汗

暑かった
油蝉は念仏をあげていた
夕方雨が降ってまさかの転落
濡れた道をもがき滑った
翌朝
仰向けに失神していた

誰かが指をだしたので

反射的によじのぼった
からだは使い切れ。
黄泉の山の崖のぬくもり
長い一生だった
数珠玉がきしみ
花の中に落ちた
星まつりに行きましょう。
いいかおりだ

観音寺の紋黄蝶は
牛蛙と
雑魚寝した
干しておいた靴下をはく

かみあわない夜もありましたが
もう会えませんから
紫のかおりで包みながら
白薔薇は
油蝉の汗をふいた

雨のなかを

やっと面会に来てくれた
わたしは贈られたカーキ色の犬に乗って
ふとい首に腕をまわし
葉書を髪にさしこんだ
ついたて越しに言う
コウノトリまだ来ないのよ。

田舎から祖母が来るとわくわくした

寝る前にはいつも
昔話の桃を
布団の川に流した
わたしは体が浮き上がった
亡くなる前に言ったそうだ
屋根にコウノトリがきちょるばい。
きれかなあ。

雨のなかを
コウノトリが首をかしげて歩いてくる
わたしのことを変だと思っている
ついたて越しだから
そっと車椅子だけに言う

かわいいね、青い傘をさしてるね。
痛みが走る
体がもう
事故なんだから一生は
祖母は帰り支度をする
わたしは手を振る
じゃあね、また来てね。

生きている場所

店員の動きが軽くなる　閉店前
ドーナツをかじって
カフェオレを甘くする
ノートに押し葉のもみじをみつける
甘いもんはよかな。
ふと祖母の声
もみじば、はさんどき。願い事が叶うばい。

まじない好きで面倒見のよい祖母は
戦時中ちかくの駐屯地へ井戸水を分けた
炊事係だったあにやさんは
ドラム缶で水を運んだ
それから転属先の広島で被爆した
骨折した足をひきずって
あにやさんは福岡の祖母をたずねた
ようきたなぁ。
祖母の声に
彼は顔を上げたまま涙をとどめた
小さい祖母は彼をリヤカーに乗せ
接骨院へ通った
かならず琉球塗りをもってきます。

甘いもんがよか。

外の明かりがきえると
淡い人影がふえる
ここにもむこうにも
生きている場所がある
もみじの折れていた端っこを広げる

ペリーの日曜日

どうしてもいやな人っていますよね、
入っていくんですよ、そこへ。
入っていくとね、
わ。なんだ。
わたしがいっぱい出てくる。
いろんな気分のいやなヤツ。

小二だったわたしは

家族のうごきに反して
日曜日はひとりで教会に行った
兄にくっついて、のら犬のペリーがきた
仔犬を産むたびに
わたしたちのままごとにされるから
ほんとうに悲しい顔をした
庭にちいさな砂場があって
鎖を解くと
猛スピードで砂をけちらして
庭を走った
目をむいて
舌を泳がせ
何周も駆けつづけた

嫌なところへ入っていく、
深い底へ、さらに底無しへむかう、
そういうところに生きる、があってね。

引っ越しは日曜日
見慣れぬ車に
危険を察したペリーは
乗るのを拒みつづけたが
仔犬を先に乗せたら、迷わず乗って
行ってしまった
もらわれるか、殺されるかの運命に入っていくのを
わたしはこの日

幽霊みたいになにひとつ
動かすことができなかった

ややこしい洗濯

満月には片目がある
なにか言いたげな片目である

そのとき
わたしの身は
わたしの心と
連れ立って歩いていた

身は　心が近づくと肩がこるので
早くこれを洗いたかった
心は　身が発することばが臭ってくるので
早くこれを洗いたかった

広場に月の光が遊ぶ
影の濃い木の根元から真っ白なキノコがでてきた
お二人にぴったりのいい洗濯機がありますよ。
ご案内いたします。
わたしたちはいわれるままに
「心身洗濯機」というものに入った
すると
心からは　言葉以前のよごれが

身からは　言葉になったよごれがでてきて
とんだ色になった
水は悲鳴をあげながらすごい勢いで逃げたものだから
そのしぶきは月にまで飛び散り
月にひどいシミを作った
それはないだろう、わたしはどうなる
満月は
洗濯について
べつの宇宙に相談している

どこへ行く気だ。

昔、映画のなかで見たジュラルミントラックに乗りたかった。
車内はキャンピングカー仕様で絵を描くためのアトリエだ。
行きたいところへ行き、描きたいものを描く。
描きたいのは、くすぐったい糖質だ。
オレは団子屋をしている。
盛り上がった美しいほくろの妻の秋子が切り盛りしている。
オレの楽しみは、泥団子だ。うっしっし。
子供の時に作った泥団子、奥の棚に大事にとってあるのだ。

それは夜になると、ごろごろ転がってオレのそばに来ては
子供のころのオレの話をしてくれる。
泥団子は輝きを増す。
気づいたらオレはそうとう太っていた。
今日はもう腹が天井につかえそうで寝返りもしんどい。
ひじもひざも丸まってタイヤみたいだ。
もう車になってんのかね、オレは。
(そうだった、オレの名字は車だ)
車。感心な字だ、逆さにしても、裏返しても、車だもんな。
おや、秋子がドアを開けてオレに乗ってきた。
う。どこへ行く気だ。
「くるま、反対から言って」
「まるく」

「ほんと、まるくなったわ。うふふ」

「秋子、オレは」

秋子の尾てい骨が腸を刺激した。

ほわーい。

なんちゅうほわーい。

ガスだ。ガスが充満してきた。

ぶるぶるエンジンがかかってきた。

もう我慢できん。

ブブブッポッーウソーウ！　チーン！


ちりぢりになったオレの体を、オレはぼんやり見ている。

オレはいったいどうなったのだ。

まてよ。このちりぢり、前にも見たぞ。

体をのぞくと太陽がある、
月がある、
星があちこちぶつかっている。
オレは宇宙になったのか。
オレの宇宙ができたのか。

入院

追突されて入院した。
頸部脊椎症、なのに
頭頂がぶよぶよしてきた。
次の日、頭を破って黄色い管がばねのように飛び出した。
どうしましょう。
先生に見せたら、
これでなんとかしなさい。
と鍵を渡された。

管をしまい蓋に鍵をかけたらそれきり出てこなくなった。
色鉛筆で見舞いの花を描いた。
花に顔を描いた。
明るいときはわらうけれど
暗くなると怖かった。
消灯後、二階の窓をわたしの車がトントン叩いた。
わかった、すぐ行く。
車は上昇し、雲の下はもう渥美半島だ。
さらに惑星まで近づくと引力が道を作った。
造影剤を打って
ビュンビュン回された。
意識の果ての天球は
広げられたわたしの細胞だった。

パリでお金を貸した人が見舞いに来た。
海でうさぎのぬいぐるみをくれた人が見舞いに来た。
わたしの歴史を並びかえて人が来る。
退院後、飼っている犬の世話をしてくれた人と結婚した。
上手に緑茶を淹れるその人は
「注文しておいた頭が届いたよ」
と言うのだ。

つまずく暮らし

台所にあったかぼちゃは
りんごひとつ入るくらい
ねずみにかじられた
眠くなったねずみは
そのあなぐらでねた

母が住むためのリフォーム
風呂場のバリアフリーに

台所の床も加えたのは
通るたびにどこかへこむ危うさと
木目のでこぼこ
つまずけば返事をしてしまい
すり減ったところにこどもの鰐が笑う
日によって魔女にも鳥にもなる
リフォームが済んで
床の美しい顔に見惚れたが
三日もたつと慣れてしまった
ある晩、母が毒入りのバナナを置いたら
朝には消えていた

月も灯りもない空き地に

突然、燃える星が尾を引いて堕ちてきた
まぶしさの中から
バッタ顔の巨人が何人も走り出て
ドドドド、ドドドド、地震がおきた
割れていく地面につまずいて　ああっ。
わたしはころがり落ちている自分をずっと下から見上げる
終わらない走馬灯を見ていた
気がつくと
石の光るきれいなあなぐら
地底街になっている
ようこそー
かすかに聞こえる
いつからあるのだろう

わたしの細長いしっぽは
なつかしそうに壁の石に触れている
かじってみたくなる
あたらしい暮らしだ
もうねよう

歩きながら

一歩ごと
まちがっていく
方向
葉の裏をみせてわらうメタセコイア
消費者センターに電話した
そのお届けメッセージ、詐欺メールですから。
桜の枝にひっかかり
破れた胸で息をする

赤い枯葉が
誰にもぶつからずに落ちてきた
この赤は火星から吹いてきた鉄の色
水晶は地表から噴きあがり
日差しに織り込まれる
惑う星のひとたちがつぎつぎに降りて歩いている
浮力が背骨に入ってきもち軽いが
秋名菊の茎はかたい
金文堂で紙をえらんだ
こんな時でも
ぺたぺたいっぱい触ったあげく
枚数が足りなかった
電話のちえこさんの声

いつもの声だったが
亡くなった夫の椅子をみている
広がっていくその人に触れている
ぼおっとしてるの。
それがいい
空間の体と懇意になろう
そこらじゅうの
地球の磁力をなでてみる
落葉の下に動かない虫がいた

まさかの夜

月のりんかくが赤く燃えている
大丈夫か、視力
いま地震があった
足がゆるむ
地球だって
そうだろう
目をこすり
喉を詰まらせ

吐き気にむせるだろう

ブランコがおかしい
ブランコがわたしにぶら下がってくる
気晴らしは苦いですよ
わたしはぐじゅぐじゅですよ

土に
光るものが現れる
右か左か
しょっちゅう迷っているアリに
聞いてみたくなった
きみと握手してから

手をつないで歩くのは可能ですか
だがすぐに
わたしは動揺した
可能です
と言われたら
その先にどんな景色があるだろう

まさかの夜
地球の目を手がかりに
きみの迷いと歩いてみる

父の発光

入院した父の見舞いに
三才の息子と
佐久病院へ通う。
イチョウ並木を曲がると
背の高い看板が見えた。
通るたびに、わたしが変な声で読んだから
息子も真似て覚えた。

「玄ちゃん、これなんて書いてあるでしょうか」

わたしは父のベッドの横で看板の文字を書いた。

息子は言った。

「う、お、あ、た、ま」

ほほう。父は一瞬発光した。

散りはじめたら速かった。
肺癌とわかって一ヶ月
イチョウは激しい風のからだを見せて
道の端に川をつくった。

父の葬儀がすんで、息子に言った。

「おじいちゃん、ひとりぼっちでさみしくないかなぁ」

「ひとりじゃないよ、ふたりの人といっしょだよ」

「えーっ」

「ふたりとも男の人だよ」

ミニカーを動かしながら息子は言った。

ふたりの男がつきそって歩いている
父の足取りは軽い
話しかけている
ふりかえって
手を振った
まぶしい影だ

桜色の国

桜色の天井
桜色の壁
桜色のカーテン
目を閉じても
しみてくる
桜色を吸う
桜色を吐く
眠くなる

眠くなって
ちほうになる
へいわな
ちほうになる
どこにも触れられない
からだの内部
海の深み
丸くおちていく
あたたかいところ
あたたかい不幸の海
なぜ不幸なの
魚たちの話し声が
とぎれとぎれに膨張して

きえる
おそろしいへいわの国
逃げなくてはいけない
そのことで
いっぱいになる
夜になるのを待って
わたしは実行した
あたたかいと思った桜色は
どこも冷たかった
転倒して
失敗した
右足の股関節が折れ
ベッドに連れ戻された

子供をたしなめるような
大げさな声を浴びた
おお
いやだいやだ
耳はきらいだ
わたしの耳は聞こえすぎる
耳はせかいがすきなのだ
ここはどこ
わからなくても
ビョウイン、と言えば
静かになるひとびと
毎日
桜色のひとびとが

鯛の口で
なれなれしくきくのだ
「えいこさーん、ここはどこかなあ」

水面に顔をだす
息を吸って
また潜る
細い川幅の深いところを泳いだ
蛇も鳥も
雲の影も抜いた
頭が長くなり
手足の鱗がいきいきする
わたしは怪魚

やっと海に
すべりおちた
海はゼリーのように
とろりと目覚めない

この部屋にいる
見えない声たちは誰か
それが集まってくると
白い着物になって
入り口にぶらさがる
それを取ってほしいと言うと
変な顔をされる
ほかの人には見えないらしい

わたしの耳は
植物の耳
あの時も
あさがおの淡い葉がせがんだ
(遠くへ行きましょうよ)
ここはさむすぎる
終業式の日
持ち帰る鉢の
隣の葉が言ったのだ
(それは青い花になるよ)

ちがう
あれはキッチンの窓の外

てっせんだったかしら
紫色の花
疲れ切っていたのに
食べることばかり
食べさせることばかり考えていた
わたしたちの墓がある平和が丘公園
枯れ木は力をもっていた
奪われる力をもっていた
「おーい」
ふりむくと夫がいた
「さがしたぞ」
あら
探していたのはわたしのほうよ

今
外は
雪かしら
ずいぶん
空を見ないから
わたしはまちがう
口をきくのがいやになる
口が動いてくれない
はい、
だけでも
言えているのかわからない
ことばを飲みこむ

食べ物は飲みこめない
口の中で
ぐぶぐぶ粘りを増す
乾かして
剥がして
もう食べることを終わらせたい
咳ができない
ちぢんで塊になる

手術が終わった
右足股関節はわたしではない
部屋にもどると
妹がいた

手を握り合った
わたしは桜色のひとびとに
話を聞かれないように
よくよく注意したけれど
流れはどこにでもつながっていく
手術は雑だった。と告げた
消灯
話はとぎれ
あいまいな渦巻になる

夜は
うす墨の海だ
ちいさな灯の舟がくる

手を振っているのは父だろう
手が赤い
月の光が波に弾む
伝わってくるものがある
父の波が届く
「注意深くかたよりなさい」
「対極にある双方を抱きなさい」
「矛盾を生きなさい」

手をはなそうとする妹の手を
わたしは強く引き寄せた
ね、わたしも帰る。
いっしょに連れてって。

妹の顔はだんだんふくらんで
右半分が、ずり落ちそうだ
怖いからもう話さないで。

この道
見覚えがある
右に曲がっていちばん奥の家
家のまえで
息子たちが話をしている
片足は鎖につながれている
なにかやらかしたのだろうか
近づくと
木の杭に並んでいたのは

ハヤブサとタカだった
タカの口から種みたいな
ちいさなひとがぷりっと落ちた
「わたしの名前は富士といいます。
もっといろんな鳥がいますよ。
なかに入ってごらんなさい」
驚いた
探していた妹は
メンフクロウになってうとうとしている
ショールの先で頭に触れると
妹は目を覚ました
「おねえちゃん、人間でいるからわからないのよ！」
何を怒っているのだろう

わたしにだって
あった
小さいころ
妹がつぎつぎに持ちこんでくる奇怪な虫が
夜中には巨大になって
わたしにおそいかかってきた
奮闘したが勝ったためしはなかった
虫には虫の国語があった
対話がカギだ

わたしは
紹介された名医に相談した
パーキンソン病なんです。

ふるえを調整する機械を
頭に入れています。
電池を胸に埋め込んで、
しばらくは良かったのですが、
電池交換をしてから調子が悪いのです。
憤慨の目になった名医は
よく見れば
ワシミミズクだった

朝のきざしだ
夢から覚めても
目を閉じればわたしはまた
歩いていけるのだった

記憶のとおりに
平和が丘公園を左にくだっていくと
やっぱり猫が洞池があった
そこは昔
夜な夜な猫があつまって
土を掘る猫
埋める猫
叱る猫やら
あばれる猫がいて
ふかい洞になったという
そのうち
人間になる猫も現れた
異常な感覚の祖父を怪しんで

母はわたしに耳打ちした
「おじいさんには、猫だった跡があったのよ」

息を吐いた
池のまわりを
散りはじめた桜がとりかこむ
花はゆっくり
なにかに触れておののき
なにかをよけて池に流れた
広げた手のひらにひとつ
花びらが届く

踏んだおぼえのある石が

踏んだおぼえのある石が
わたしをひっぱって
飛行機にのせる
髪型を変えたい日だったから赤いチェックを着た
踏んだおぼえのある石が
落ちていた
メキシコのピラミッド

赤い道に赤い壁
地層をささえる人間の血が
あたたかい錆いろの雲になる

踏んだおぼえのある石が
はじける
石の子らが飛びでる
ふかふかの実のように
ころころわらう子ら
緑の草が子らをくすぐる

踏んだおぼえのある石が
北極と南極をいったりきたり

膨らませたりへこませたり
宇宙の仕事はうっかり
日付変更線でベレー帽をおとしてしまう
個人的なものだ

踏んだおぼえのある石が
鳥になりたいと言う
アステカの神話のケツアルコアトルのように
太陽から滴る水を飲みたい
太陽は舌を出す

踏んだおぼえのある石が
ポケットのなか

わたしの手を
熱くする

海だって

江ノ電をおりて海岸通にでた
若いグループの
伸びる語尾をすりぬけて
半世紀後のわたしたち
赤毛のアンから話がはじまる
あの頃のしらないことを打ち明けて
座るところを探した
ブランコはいいね。

ものがたりがこう流れていくよ
きみのゆったりした語り口には読点や句点が打てる
読むように言葉が見えた

砂に字を書いていると
もぞっ、と砂が盛り上がり
風に押し上げられ、立ち上がった
おうおー。
吠える砂人間だ
すごい
だが一歩ふみだそうとしたその時
あっけなく
頭から強風にさらわれていった

船も島も、うすぼんやり消えていくのだった

そばの岩が頭を突きだして歩きはじめる
海亀か
海亀がふりむいたので
わたしも行きたくなった
海はすぐに深くなった
海亀と一緒にでんぐり返る
海だってぼこん。
まちがうんだよ。
後悔したりしてさ。ぼこぼこん。
あぶくは行き先がわからなくなっている

海底には
作業員募集の貼り紙
頭が魚で手足のある魚人たちが集まっている
おまえも来るんだな。
ひらめ顔だから
わたしも数にいれられた

作業は簡単だった
たったひとつ再生したいものをイメージするだけだ
目を開けると
砂人間が現れた
しっかり立ち上がり腕をまわして
ジョギングをはじめた

ああよかった。
もう消えることはないだろう

鮟鱇は
片目をあけて
ブランコの順番を待っている

わたしが完成する

大粒の涙をおとす
好きなだけ泣きなさい
と言えずに
洗面器を取りにいった
タンスの上に置いた
雨漏りだ
風の唸りが集まって
メンコがはじめる

おとなしかった瓦は
ひっくり返って
無茶を言いだす
「死ぬほど雨漏りしたーい」
暴風雨
屋根や瓦のことなんて
眼中になかった
花水木はどうだろう
屋根を見渡すほど伸びた花水木の日常では
屋根は波
海はしけているだろう
天井に舟のようなシミ
寝ころぶわたしはゆがんだ海岸線

宇宙の屋根に穴があき
大気圏の屋根に穴があき
家の屋根に穴があき
頭蓋骨に穴があき
わたしを構成するさいごの一片が
時をかけわたしの腑に落ちて
わたしが完成する
涙よ止まれ
風よ眠れ

点になる

腕時計の長針が
文字盤のすみに倒れた
あわてて
中央線に乗り
西荻窪の修理屋に向かう
時計に寿命はありませんよ。
なんども止まった
ちいさい時計

またも
わたしの腕に歩きだす

夏に
空き地でつんだつゆ草は
つゆ草の時間をもっていた
花が枯れても
水の中で根を伸ばし
十月の終わりになっても咲いた
長く眠り短く起きた
きょうはさびしい
きのう咲いた
三ミリの花が

点になる

土星の明るさ
おおきな町のようなわたしの家に
駅のホームがあり
家はじきに滅びると知る
大勢の人はお茶を飲んでいる
同級生のはせがわさんが来た
せっぱつまってうれしく
滅びるより大きい
くっきりとした
十一月二十四日という響き
目が覚める

坂を降りると
富士山も降りた
好きな梅の木が消えた跡に
マンションが建ち
女の子の降りたブランコが
きもちだけで揺れている
八時五十八分の快速電車がくる

小松 宏佳（こまつ ひろか）

福岡県生まれ
第一詩集「どこにいても日が暮れる」（二〇一八年 ふらんす堂）
詩誌「小峰小松」（二〇一九年より発行）

一八五―〇〇三一 東京都国分寺市富士本一―二四―三六
undundpurpurhime@outlook.jp

ひらがな商店街

二〇二一年七月二十一日　発行

著　者　小松　宏佳
発行者　知念　明子
発行所　七　月　堂
〒一五六—〇〇四三　東京都世田谷区松原二—二六—六
電話　〇三—三三二五—五七一七
FAX　〇三—三三二五—五七三一
印　刷　タイヨー美術印刷
製　本　あいずみ製本

Printed in Japan
ISBN 978-4-87944-453-0　C0092